FABLES
FLORIAN

FABLES DE FLORIAN

Dessins de E. MOREL

PELLERIN & Cie

ÉDITEURS

A ÉPINAL.

(Déposé.)

L'ANE ET LA FLÛTE.

L'Ane et la Flûte.

Les sots sont un peuple nombreux,
Trouvant toutes choses faciles;
Il faut le leur passer; souvent ils sont heureux :
Grand motif de se croire habiles.

Un âne, en broutant ses chardons,
Regardait un pasteur jouant, sous le feuillage,
D'une flûte dont les doux sons
Attiraient et charmaient les bergers du bocage.
Cet âne mécontent disait : « Ce monde est fou !
Les voilà tous, bouche béante,
Admirant un grand sot qui sue et se tourmente
A souffler dans un petit trou.
C'est par de tels efforts qu'on parvient à leur plaire;
Tandis que moi.... suffit.... Allons-nous-en d'ici,
Car je me sens trop en colère. »
Notre âne, en raisonnant ainsi,
Avance quelques pas, lorsque sur la fougère
Une flûte, oubliée en ces champêtres lieux
Par quelque pasteur amoureux,
Se trouve sous ses pieds. Notre âne se redresse,
Sur elle de côté fixe ses deux gros yeux;
Une oreille en avant, lentement il se baisse,
Applique son naseau sur le pauvre instrument,
Et souffle tant qu'il peut. O hasard incroyable !
Il en sort un son agréable.
L'âne se croit un grand talent,
Et, tout joyeux, s'écrie, en faisant la culbute :
« Eh ! je joue aussi de la flûte ! »

LE TROUPEAU DE COLAS.

Le Troupeau de Colas.

Dès la pointe du jour, sortant de son hameau,
Colas, jeune pasteur d'un assez beau troupeau,
    Le conduisait au pâturage ;
    Sur sa route il trouve un ruisseau
Que, la nuit précédente, un effroyable orage
Avait rendu torrent ; comment passer cette eau ?
Chiens, brebis et berger, tout s'arrête au rivage.
En faisant un circuit l'on eût gagné le pont ;
C'était bien le plus sûr, mais c'était le plus long ;
Colas veut abréger. D'abord il considère
    Qu'il peut franchir cette rivière ;
    Et comme ses béliers sont forts,
    Il conclut que, sans grands efforts,
Le troupeau sautera. Cela dit, il s'élance ;
Son chien saute après lui ; béliers d'entrer en danse,
    A qui mieux mieux ; courage, allons !
    Après les béliers les moutons ;
Tout est en l'air, tout saute, et Colas les excite
    En s'applaudissant du moyen.
Les béliers, les moutons sautèrent assez bien :
    Mais les brebis vinrent ensuite,
Les agneaux, les vieillards, les faibles, les peureux,
    Les mutins, corps toujours nombreux,
Qui refusaient le saut ou sautaient de colère,
    Et, soit faiblesse, soit dépit,
    Se laissaient choir dans la rivière.
Il s'en noya le quart ; un autre quart s'enfuit,
    Et sous la dent du loup périt.
    Colas réduit à la misère,
S'aperçut, mais trop tard, que pour un bon pasteur
    Le plus court n'est pas le meilleur.

LE BŒUF, LE CHEVAL ET L'ÂNE.

Le Bœuf, le Cheval et l'Ane.

Un Bœuf, un Baudet, un Cheval,
    Se disputaient la préséance.
Un Baudet ! direz-vous, tant d'orgueil lui sied mal.
A qui l'orgueil sied-il ? et qui de nous ne pense
Valoir ceux que le rang, les talents, la naissance,
    Élèvent au-dessus de nous ?
    Le Bœuf, d'un ton modeste et doux,
    Alléguait ses nombreux services,
    Sa force, sa docilité ;
Le coursier sa valeur, ses nobles exercices,
    Et l'Ane son utilité.
« Prenons, dit le Cheval, les hommes pour arbitres.
En voici venir trois, exposons-leur nos titres.
Si deux sont d'un avis, le procès est jugé. »
Les trois hommes venus, notre Bœuf est chargé
D'être le rapporteur ; il explique l'affaire,
    Et demande le jugement.
Un des juges choisis, maquignon bas-normand,
    Crie aussitôt : « La chose est claire,
Le Cheval a gagné. — Non pas, mon cher confrère,
Dit le second jugeur (c'était un gros meunier),
    L'Ane doit marcher le premier ;
Tout autre avis serait d'une injustice extrême.
    — Oh ! que nenni ! dit le troisième,
Fermier de sa paroisse et riche laboureur,
    Au Bœuf appartient cet honneur.
— Quoi ! reprend le coursier écumant de colère,
Votre avis n'est dicté que par votre intérêt ?
— Eh ! mais, dit le Normand, par quoi donc, s'il vous plaît ?
    N'est-ce pas le code ordinaire ? »

LE RHINOCÉROS & LE DROMADAIRE.

Le Rhinocéros et le Dromadaire.

Un Rhinocéros jeune et fort
Disait un jour au Dromadaire;
« Expliquez-moi, s'il vous plaît, mon cher frère,
D'où peut venir pour nous l'injustice du sort?
L'homme, cet animal puissant par son adresse,
Vous recherche avec soin, vous loge, vous chérit,
De son pain même vous nourrit,
Et croit augmenter sa richesse
En multipliant votre espèce.
Je sais bien que sur votre dos
Vous portez ses enfants, sa femme, ses fardeaux;
Que vous êtes léger, doux, sobre, infatigable;
J'en conviens franchement; mais le Rhinocéros
Des mêmes vertus est capable;
Je crois même, soit dit sans vous mettre en courroux,
Que tout l'avantage est pour nous.
Notre corne et notre cuirasse
Dans les combats pourraient servir;
Et cependant l'homme nous chasse,
Nous méprise, nous hait et nous force à le fuir.
— Ami, répond le Dromadaire,
De notre sort ne soyez point jaloux:
C'est peu de servir l'homme, il faut encor lui plaire.
Vous êtes étonné qu'il nous préfère à vous;
Mais de cette faveur voici tout le mystère:
Nous savons plier les genoux. »

Le Vacher et le Garde-chasse.

Colin gardait un jour les vaches de son père :
    Colin n'avait pas de bergère,
Et s'ennuyait tout seul. Le garde sort du bois :
« Depuis l'aube, dit-il, je cours dans cette plaine,
Après un vieux chevreuil que j'ai manqué deux fois,
    Et qui m'a mis tout hors d'haleine.
    — Il vient de passer par là-bas,
Lui répondit Colin ; mais si vous êtes las,
Reposez-vous, gardez mes vaches à ma place,
    Et j'irai faire votre chasse ;
Je réponds du chevreuil. — Ma foi ! je le veux bien :
Tiens, voilà mon fusil, prends avec toi mon chien,
    Va le tuer. « Colin s'apprête,
S'arme, appelle Sultan. Sultan, quoique à regret,
    Court avec lui vers la forêt.
Le Chien bat les buissons, il va, vient, sent, **arrête**,
Et voilà le Chevreuil...... Colin, impatient,
    Tire aussitôt, manque la bête,
    Et blesse le pauvre Sultan.
    A la suite du Chien qui crie,
    Colin revient à la prairie.
    Il trouve le garde ronflant ;
    De vaches point ; elles étaient volées.
Le malheureux Colin, s'arrachant les cheveux,
Parcourt en gémissant les monts et les vallées.
Il ne voit rien. Le soir, sans vaches, tout honteux,
    Colin retourne chez son père,
    Et lui conte en tremblant l'affaire.
Celui-ci, saisissant un bâton de cormier,
Corrige son cher fils de ses folles idées,
    Puis lui dit : Chacun son métier,
    Les Vaches seront bien gardées. »

LE VACHER ET LE GARDE-CHASSE.

Le Perroquet.

Un gros perroquet gris, échappé de sa cage,
  Vint s'établir dans un bocage ;
Et là, prenant le ton de nos faux connaisseurs,
Jugeant tout, blâmant tout d'un air de suffisance,
Au chant du rossignol il trouvait des longueurs,
  Critiquait surtout sa cadence.
Le linot, selon lui, ne savait pas chanter ;
La fauvette aurait fait quelque chose peut-être,
 Si de bonne heure il eût été son maître,
  Et qu'elle eût voulu profiter.
Enfin aucun oiseau n'avait l'art de lui plaire ;
Et dès qu'ils commençaient leurs joyeuses chansons,
Par des coups de sifflet répondant à leurs sons,
  Le perroquet les faisait taire.
Lassés de tant d'affronts, tous les oiseaux du bois
Viennent lui dire un jour : « Mais parlez donc, beau sire ;
Vous qui sifflez toujours, faites qu'on vous admire.
Sans doute vous avez une brillante voix.
  Daignez chanter pour nous instruire. »
  Le perroquet, dans l'embarras,
Se gratte un peu la tête, et finit par leur dire :
« Messieurs, je siffle bien, mais je ne chante pas. »

LE PERROQUET.

Le Chat et le Miroir.

Philosophes hardis, qui passez votre vie
A vouloir expliquer ce qu'on n'explique pas,
    Daignez écouter, je vous prie,
    Ce trait du plus sage des Chats.

    Sur une table de toilette
    Ce Chat aperçut un miroir;
Il y saute, regarde, et d'abord pense voir
    Un de ses frères qui le guette.
Notre Chat veut le joindre, il se trouve arrêté.
Surpris, il juge alors la glace transparente,
    Et passe de l'autre côté,
Ne trouve rien, revient, et le Chat se présente.
Il réfléchit un peu ; de peur que l'animal,
    Tandis qu'il fait le tour, ne sorte,
Sur le haut du miroir il se met à cheval,
Deux pattes par ici, deux par-là ; de la sorte
    Partout il pourra le saisir.
    Alors, croyant bien le tenir,
Doucement vers la glace il incline la tête,
Aperçoit une oreille, et puis deux..... A l'instant,
    A droite, à gauche, il va jetant
    Sa griffe qu'il tient toute prête ;
Mais il perd l'équilibre, il tombe et n'a rien pris.
    Alors, sans davantage attendre,
Sans chercher plus longtemps ce qu'il ne peut comprendre
Il laisse le miroir et retourne aux Souris.
« Que m'importe, dit-il, de percer ce mystère?
    Une chose que notre esprit,
Après un long travail, n'entend ni ne saisit,
    Ne nous est jamais nécessaire.

LE CHAT ET LE MIROIR.